百年新诗百部典藏／马启代 主编

旧 时 光

张世勤 著

江苏凤凰美术出版社
全国百佳图书出版单位

图书在版编目（CIP）数据

旧时光 / 张世勤著 . -- 南京 : 江苏凤凰美术出版社，
2018.10
（百年新诗百部典藏 / 马启代主编）
ISBN 978-7-5580-5119-7

Ⅰ . ①旧… Ⅱ . ①张… Ⅲ . ①诗集－中国－当代
Ⅳ . ① I227

中国版本图书馆 CIP 数据核字（2018）第 198342 号

责任编辑　曹昌虹
装帧设计　小马工作室
责任监印　唐　虎

书　　名	旧时光
著　　者	张世勤
出版发行	江苏凤凰美术出版社（南京市中央路 165 号　邮编：210009
	北京凤凰千高原文化传播有限公司
出版社网址	http://www.jsmscbs.com.cn
印　　刷	河北飞鸿印刷有限责任公司
开　　本	710mm×1000mm　1/16
印　　张	10
版　　次	2020 年 4 月第 1 版　2020 年 4 月第 1 次印刷
标准书号	ISBN 978-7-5580-5119-7
定　　价	28.00 元

营销部电话　010-64215835-801
江苏凤凰美术出版社图书凡印装错误可向承印厂调换　电话：010-64215835-801

总序

转眼新诗已百年

马启代

早在 20 世纪的最后几年,大家已在议论新诗百年的事情,近年来,"新诗百年"的话题和各类活动甚至与社会商业活动携手并肩、大有超越诗歌本身的勃兴之势。事实上,看似在热闹中诞生的新诗,其本性与喧嚣并无基因上的联系。艺术与人类历史一样,有着表面风风火火的一面,也有着沉潜低回的另一条趋线。作为伴随新文学诞生的一个新兴文体,它呱呱坠地的时代的确可以用狂飙突进来标示,故我虽一向把社会"思潮"与"诗潮"的相伴相随作为认识百年新诗的一个重要视角,但我并不认同仅仅把波涛浪峰上的那些弄潮者看作新诗百年的代表,也就是说那些以潮流和流派及其风云人物为特征的历史叙事所构成的只是一个粗线条的描述,正是"思潮"与"诗潮"的历史共振,加上民族危难和社会动荡所造成的探索中断和精神异化,新诗所欠下的旧账一再被后来者忽略或轻视,仿佛一个亢奋的战士,冲锋中丢弃了装备,几番沉浮,在这个百年的节点,正是反思得失、检视成败的契机。当然,作为在争论甚至反对声中活得多数时候都青春四射的新诗,对质疑和批评的回应与对自身缺憾和弊端的正视从来都是一体两面需要痛加剖析、修正的问题。

我想略通"近代史"的人都会理解,产生于春秋战国以来极少出现的思想自由争鸣时期的新文学,结出新诗这个果实,既是必然,也显得匆忙。我们至今对它的称谓还有争议，如白话诗、自由诗、新诗、朦胧诗、现代诗、汉语新诗、新汉诗等，各有历史定位和美学指向，但莫衷一是，互不认同。此外，关于新诗诞生的历史成因、艺术脉络也各执一词，互有个见。我曾在《新汉诗十三题》中说过，它的源头不是旧诗，它与古诗、律诗、词、曲的代终体换不同，新诗直接来源于外国诗，不是一般的启示与借用，但新诗最终应是民族文化求新求变的产物皆赖于外来文化的刺激复活以及几代学人承前启后的不懈挽救。借此界定新诗的生日——假如非要有一个最大认同公约数的时间，我想，既不是胡适在《尝试集》中几首诗后面标注的1916年，也不是《新青年》2卷6号刊发胡适《白话诗八首》的1917年，而应是《新青年》4卷1号刊登胡适、沈尹默、刘半农九首诗的1918年1月。显然，作为《白话文学史》作者的胡适，深知"白话诗"与"新诗"在观念、精神和美学追求上的不同。他在1917年1月发表在《新青年》上的《文学改良刍议》被认为脱胎于美国女诗人洛威尔的《意象派宣言》，而意象派运动其主要旨趣在于解放英语诗歌的形式和语言，尽管他的代表人物庞德据说受益于中国古典诗歌的翻译。

  但毋庸置疑的是，新诗承续了发端于18世纪以来世界范围内的诗歌自由化趋向，其背后蕴藏的历史人文内涵和深刻的人类精神走向乃潮流和大势。百年来，世界和中国都发生了许多亘古未有的大变化，人类在苦难和荣光中创造的无数诗篇，成为记录人类心灵和精神变化的珍品。尽管至今尚有人对新诗做出实验失败的定论，近年旧体诗创作日隆，也大有复兴的气象，但无须争辩的事实是：首先，新诗是个伟大而粗糙的发明（沈奇语），它无愧于百年风雨沧桑的砥砺磨洗（张清华语），你即便说它不成功，但也不能无视它有成就（桑恒昌语），穿越百年的时光隧道，战争、天灾、人祸以及正常或不正常的生存考验，新诗已经成为现代人重要的灵魂洗礼和精神救赎的载体。熊辉教授在《纪念新诗百年》中认为百年新诗的发展，最大的成功是确立了自身的文体优势。分行排列的自由书写成为承载现代人情感和思想的有效形式，而吕进教授把新诗看作"内视点"文学的主张，为现代新诗内在形式的确立提供了理论依据。其次，新诗采用大量口语和白话进行书面转化，使古老的汉语焕发出新的生机，重新把优雅与深邃找回，其在唤醒和复活民族灵性上体现出无可替代的前景。最后，我认为新诗与社会思潮与生俱来的根性联系，使其始终勃发着一颗求新求变的魂魄，百年来，它对于中国人精神的塑造居功至伟。

当然，一个百年的文体也许还处于未完成时，尽管许多文学史、诗歌史已翻来覆去根据不同时期的政治需要和个人诉求做过这样那样的修订甚至重写，事实上，所谓百年我们也不妨做模糊的理解，百年新诗也许尚未走出自己的青春期，业已形成的传统还显单薄，无论是文本本身还是理论批评范畴都面临着很多需要解决的问题。新诗不是"作诗如作文，作诗如说话"（胡适语）那样简单，断然不能把一种精神倡导理解为实践指南，正如不能把"下半身写作"理解为"写下半身"，把"口语写作"理解为"口水写作"。尽管民歌民谣给了自由化写作最初的滋养和激发，成就了彭斯和华兹华斯等不朽的歌唱，但新诗随着现代思想的传播，不适合进化论的艺术需要坚守和弘扬的恰恰是最初的和最原始的人的精神和梦想，最本真、最本质的感动。新诗突破了古典诗歌"触景生情"和"睹物思人"的套路，注入了"以思触诗、以诗触思"的感悟和体验，形成了"缘情言志寓思"的现代模式，这些皆赖于中西文化交汇中英美的浪漫主义和法德的现代主义诸流派的深度浸润。但一个文体既有它自我革新和不断蜕变的免疫能力，也有自我阉割的自杀倾向。如今，经历多层磨砺和戕害的新诗呈现出精神伦理和艺术审美上的诸多问题，"生底颤动，灵底喊叫"（郭沫若语）极有被废话、脏话淹没的危险。我在《百年新诗的"三度"迷失》和《当下诗歌创作的"三化"警示》两文中做了解析和指认。据此而论，吕进教授提出新诗的"三个重建"和"二次革命"多年，在展望未来时的确应引起我们的深思。

时光如白驹过隙，对于天地历史而言，百年不过弹指间的一个刹那，但于人于事，一个世纪毕竟暗藏着天翻地覆。适逢新诗百岁，借此数语，聊寄祝福！

目 录

001　浅浅的海峡是大写的"1"
003　仙女峰
004　敦煌
005　下乡记
007　与父亲握一次手
009　盲人爷爷用瓦罐打水
011　镰刀
012　开往春天的军车
014　济南十八拍
016　知了
017　烟花三月
018　整容
019　虚构一场爱情
020　两只蝴蝶
021　两块磁石
022　爱情高度
023　背模
025　上楼下楼
027　缘分的天空
030　看雪
032　城市爱情
035　家庭生活

- 037　爱情物语
- 044　眼睛
- 045　鱼
- 046　雨缘
- 047　清瘦与丰满
- 048　晚霞
- 049　一个叫雪花的女孩
- 050　书法家
- 051　桃花
- 053　三个苹果
- 054　香蕉
- 055　红枣
- 056　草莓
- 057　龙眼
- 058　红高粱
- 059　看医生
- 060　看见的和看不见的
- 061　蒙山风物志
- 062　黄河三角洲上的孤岛
- 063　在东营看黄河
- 064　青州弥河
- 065　临朐花卉
- 066　寿光林海
- 067　为什么
- 068　沂河之畔
- 069　曾子山
- 070　母亲的一生
- 071　姐姐掩映在庄稼丛中
- 073　我被关进了电脑

075	师傅，能把我也磨一磨吗
076	老公对我说
077	诗人醉酒
078	父亲和牛是同事
080	感谢粮食
081	很水灵的乡村
082	乡村四月
083	品茶
084	一个被子弹击中的季节
085	我不想与朋友隔着一瓶酒的距离
087	麦心
088	雨天与朋友饮兰陵酒
090	乳汁女人
092	滨河忆友
093	仲秋夜感怀
094	秋雨穿越北部山区
095	与"90后"过招：人生与哲学
096	城市：异化的风景
097	书法广场
098	看规划展
099	看大型水上实景演出《蒙山沂水》
100	游梨乡
102	没有一块石头硬过父亲的意志
104	窗帘
105	歌声
107	打电话
109	想念父亲
110	羭羊，一个美丽的传说
112	很水灵的乡村

113	江南
114	西湖
115	收获
116	童年
118	从春天深处看一朵花
120	阳光捋过的枝条
121	让我飞
123	阳台上月亮与我一步之遥
125	尖锐的翅将黑夜划伤
127	潇洒
128	感情
129	花香
130	一路同行
132	不期而遇的车站
133	故乡水
134	话说临沂
141	春韵
142	春光
143	绿色的期待
144	绿风景
145	踏歌
146	夜雨

147	写写诗,别把日子过旧了(代后记)

浅浅的海峡是大写的"1"

一湾浅浅的海峡
一隔
竟是几十年不动

昔日的硝烟早已经散去
但到底是谁
让这潭温暖的海水
覆上厚厚的寒冰

让亲如骨肉的兄弟
被这一根小小的鱼刺
卡住喉咙

破冰，破冰
却发现：这些年
竟有那么多的海水
被污染成了绿色
好在，大部分泛蓝
依然汹涌

不断有人把手伸过来
伸向人民大会堂的福建厅

潮湿的海水
濡湿了地毯的鲜红
不足二百公里宽的海峡
怎么可能阻挡
同根同祖一胞所生

走不尽的故国
道不完的乡情
只有亲人相聚
才会有如此
踏实的心境
才会有如此
爽朗的笑声

新时代的阳光
暖意融融
足以化解所有的浮冰
浮出水面的
一定是最美好的愿景

浅浅的海峡
横看不是峰
侧看亦非岭
它是"一"
是"1"
即使一家人
也难免磕磕碰碰
但归一是正

仙女峰

说她们是小鸟
却并未听闻歌声
但见：静如鹿
　　　蹲如兔
　　　展如鹰

说她们是风景
却并未睹尽芳容
但见：一分翠绿
　　　三分鹅黄
　　　六分嫣红

难道，她们真的是跳跃的音符
本来沉重的大山
有了诗意的轻灵

难道，她们真的是绚丽的彩虹
眼前世俗的凡尘
早已幻化成迷人的仙境

敦　煌

月牙泉像一弯月牙
更像一把刀片
割岁月，割时间

沙子们很紧张
战战兢兢，抱团取暖
组成鸣沙山

敦煌七百三十五洞
洞洞有经书
本本读不完

下乡记

一

新认一门亲戚真难
大嫂看着我递上的"群众连心卡"
把我的话,一句一句
"翻译"给躺在床上的婆婆

在这寒冷的冬天,我的乡亲
并不如大棚里的蔬菜温暖

大嫂的丈夫外出还没回来
大嫂说,等丈夫回来
他们会商量
重新开始一个春天

二

秋天下的种
现在已被大雪覆盖
转过冬,小清河两岸
就是一片郁郁葱葱

但图纸上，这儿已不是金黄的麦地
两岸多出两条滨河路，细细地伸向远方
不等春天来临，各色鲜花
早已在图纸上争相绽放

这茬麦苗便再也不会有返青的时候了
邵大爷的房子也必须倒在路边
寒风中，我想握一握邵大爷的手
想想，不如悄悄塞给他二百元钱

三

机器煎饼，不用女人再趴在鏊子上烟熏火燎
站着的她，可以一边跟我说话
一边调温、加碳
六岁的儿子
既像监工，又像学徒
他想眼瞅着一摞摞的煎饼
变成入学的学费

仅凭一张卡，女人不会相信
我们从此便是城里与乡下的亲戚
但她在给我称秤的时候
仍然美丽地微笑着
偷偷多称给了我一些

与父亲握一次手

真正的庄稼人
没有握手的习惯
他们的手习惯握锨把锄头耕犁
握石块牛粪泥土
握皱皱巴巴的日子
他们几乎什么都握不住
包括命运
他们又几乎什么都能握住
除了尊严

我从未停止过
与父亲握一次手的努力
却不是被庄稼隔着
就是被城市隔着
不是被厚重的生活隔着
就是被乡下人的习惯隔着

我一直想象着
父亲那只大手的温度
我希望由父亲的那只大手
来给我供暖

直到父亲残年老去
被推进火化炉的那一瞬间
我才终于逮住最后一次机会

我握着了
终于握着了
一下握住了父亲辛劳的一生

原来，父亲的手
阡陌纵横层层老茧
像土地一样厚实
像旷野一样广袤
像河流一样坦诚
热量十分充足
即使嘴巴闭了
发动机也一直未熄火

盲人爷爷用瓦罐打水

我该喊他爷爷
盲人爷爷

盲人爷爷右手提着瓦罐
左手绾着井绳
出家门,左拐,到大街
然后右拐,走不远,到井口

步子稳稳的
只要迈上井台
盲人爷爷就会把瓦罐
吓人地扔出去
准确无误地扔进
一眼石头深井
然后轻松提溜出
一罐清凉的水

盲人爷爷的这套技术
必须用瓦罐
才能准确地验证
对于视力好的人来说
永远也别想学会

盲人爷爷根本不把井放在眼里
也根本不把视力好的人
看在眼里
因为他根本看不见

镰　刀

一生，抖着瘦削的肩
在乡村的田垄
收割葱绿和金黄的话题

镰刀
金属的声音
永远是庄稼爱听的音乐
特别是秋天
风一吹
就能听见阵阵的掌声

镰刀
你的嘴唇薄如纸片
你的沉默
让你入木三分

农闲时节
你躺在被炊烟熏黑的土墙上
像一枚弯弯的月亮
照耀着弯弯的村庄

开往春天的军车

一辆绿色的军车
从我的小学课本里启程
50年，一刻不停地
向春天的深处
开去

司机是一个
一身军装的年轻人
名字叫雷锋
他手握方向盘
路线把得很正
一直把我们载进
和煦的春风

他的微笑
成为一个时代
最动容的表情
发黄的日记本
记录了一个东方大国
纯朴的民风

绿色的军车

印着为人民服务的标签
在原野上驰骋
雷——锋
两个字便是两个桥墩
把人与人之间心灵
架接　贯通

雷锋
绝不单单是一个人的名字
它是春天
这个万紫千红季节的
另一个别称

济南十八拍

经十路仍然由东往西
英雄山路仍然从南到北

一条条知名与不知名的巷子
一部分是经　另一部分是纬

当年载我驶入这人海的
是一枚小舢板一样窄窄的校徽

我仔细倾听暮鼓晨钟
两眼相望千泉之美

原来这些年　曾经的梦想
一直在这座城市上空高高地飞

我真的很害怕撞见自己　当年的我
一定会年轻地站在原地　凭雨打　任风吹

是选择握手　还是试图拥抱
大明湖都不会相信眼泪

能与谁相约呢　攀上千佛山顶

远天舞红霞　近前飞济水

其实　爱不需要理由呀　正如有一些词
叫既然那么　或许可能　所以因为

知　了

喝足树根水的蝉蛹
褪去地下潜伏的旧装
换上两片薄如轻纱的披风

"姐儿"一样的高贵与华美
在城市与乡村之间
飞来飞去

我跟她说
何处绿树成林
她说：知了

我告诉她
哪里清流如许
她说：知了

她还偷听了
我跟护林人的谈话
说：知了，知了

遍地蝉声
在湿地上铺满了
童年粘捉的回忆

烟花三月

入驻一座红楼,在南京
友人调侃,值得做一场春梦

要做就做十二个女子
前面有妙玉,后面有香菱

入夜,四面华灯
窗外苍松疏影

不带上一点心病
离不开姑苏城

整 容

每一个人的容颜都会被整
被时间的手术刀
被岁月的填充物

被整过之后
人生就变得从容了

虚构一场爱情

多少个夜里想起无尽甜蜜
水样女子我已沉醉不已
我的夜是那样美好不受惊扰
怀抱着她的体温天荒地老
梦中的转身也怕丢掉
闻一闻墨香你好
让我想起一个个汉字的美妙
我在尘缘浸泡她在仙境逍遥
只道是青山与绿水做证
这份浓情与思念难了

两只蝴蝶

春天的湖边有一位女郎
太阳镜长发细白的面庞
一件轻薄的外套长长

柳丝青嫩飘荡在曲曲折折的湖岸上
不知她爱的人是否在她身旁
不知她嫁的人是否懂她忧伤

双目清澈依然透着少女时的模样
柔柔情怀一直揣着最初时的向往

大地突然有些空旷
只有两只蝴蝶
互相追逐轻舞飞扬

两块磁石

所谓男女。原本不过是两块磁石
隔得再远,也能嗅到对方
相互吸引,蠢蠢欲动
当不慎吸到一起的时候
双方,或至少有一方会错误地认为
今后将无法再离开

所谓爱情一旦被婚约这张薄纸片包裹
再打开来的时候,便是见证奇迹的时刻
根本没有磁场
只是很普通的两块石头
冷冷地靠在一起

爱情高度

牛郎和织女
把本来很接地气的爱情
抬得过高,直至抬到了天上去
致使人间可触摸到的爱情
都落满了尘埃

背　模

静静的。光滑。像风抚摸和整理过的
沙原。阳光的热量仍蕴在其中
她用一背的光能
燃烧一支支画笔

与艺术，与生活，与绸缎般柔软丝滑的
爱情。她采取背对的方式
把沉静的思考和等待
留给自己

看不见她褪下的衣衫都在哪里
那是一堆零乱的光阴和痛楚的回忆
一丝不挂的她
用一半的美丽封闭另一半的苦难

你永远别指望她把身子
转过来。把秀发遮掩的脸
转过来。那该是一张天使的面容
神秘让画作变得越发生动

直到画客退尽，她方穿上衣衫
裹上不幸被硫酸泼过的脸

她知道,没有一个人能画得出
她内心的忧伤

上楼下楼

她在 13 楼层

每次我都是先进大厅然后到楼角
乘电梯先到九楼
再沿长长的走廊往西
换乘步行继续上楼

我并不知道她在不在
我走进大厅到楼角
先乘电梯到九楼
然后再沿长长的走廊往西
换乘步行继续上楼
然后敲门

我似乎没有别的更好的去处
我只能走进大厅到楼角
先乘电梯到九楼
然后再沿长长的走廊往西
换乘步行继续上楼
然后敲门

每次见面后

我必须先步行下楼到九层
然后沿长长的走廊往东
再换乘电梯继续下楼
从大厅的楼角出来
然后一个人走到大街上

有时，我先步行下楼到九层
然后沿长长的走廊往东
再换乘电梯继续下楼
从大厅的楼角出来
感觉好像没有大街
也没有路
我不知道自己该往哪里走

缘分的天空

许多事情
并不一定从春天开始
而是从冬天悄悄启程

许多事情
并不是一开始就轰轰烈烈
而是雪落无声

许多事情
并不是慢慢生长
而是瞬间就长成
高大的柠檬

就这样
一棵树
撑开了缘分的天空

就这样
一棵树
结下了相思的种

就这样

一棵树
让爱再次返青

我看到深深扎下去的根
缱绻的土壤
成了最好的墒情

我惊喜漫天张开的枝丫
动情的摇曳
汇聚了北去南来的风

我思量欲放的心蕊
每一颗
都包裹着一个迷人的笑容

我挺拔的伫立
与花的芬芳
相依相映

我张开全部的枝丫
心生呼啸
热情相拥

就是这样一株
结满记忆的春树
站在北方的旷野中

就是这样一株
结满相思的春树

期待着年年风调雨顺的收成

多少圈年轮
又多少波风景

多少个瞬间
又多少次永恒

多少道张望
又多少句心声

人世或有天使
大树可有梦境

天地之间
即使没有爱
也会有铭记一世的真情

看　雪

没有别的意思　没有
我只是想约你一起
去看看雪景
从吵吵嚷嚷和忙忙碌碌中
走出来
静静地走一走

今天正好下雪
原野坦荡辽阔而又纯净
弥漫一首无声的音乐
这样的环境和氛围
很适合走一走
即使像雪花一样
絮语点什么
也完全可以

当然　我们也可以
什么都不说
只沉浸在漫天飞舞的雪花里
一遍一遍让心变得纯洁

其实，说是看雪

不如说是看
我们自己的心情
看自己心灵的
另一种姿势

城市爱情

一

这是用钢筋和水泥
浇灌出的花朵
所以，它们往往不分季节地
依次开放

不要说，刻意制造的花香
有多么诱人
只是它们习惯于
在官职在年龄在职业在学历
在白天与黑夜在高尚与卑琐
在梦想与现实之间
不断地摇摆和穿行

它的表现形式有许多种
比如浪漫比如激情
比如一碗淡淡的白开水
比如极其简单的一句问候
比如生离死别比如忧郁和痛苦
当然许多时候
它也像月光一样

从法桐树上筛落下来
心事洒成满天的星星
总之，它使任何一座不起眼的城市
都变得五颜六色
每一束霓虹都会成为一缕爱意

二

乡村种庄稼
城里人种草
城里的路
宽得让乡下人心疼

城市爱情
正由于它远离土地
因此变得十分脆弱
缺少一种钙质
这样的细节
在城市的街道
甚至冬青丛里
还有许多灯红酒绿的娱乐场所
俯拾皆是

三

城市不在大小
不在繁华与沉寂
不在有名与无名
没有爱

就不足以称其为城市
它是一种无形的城墙
是另一种空气
是另一种姿势的呼吸
它是一把伞
同时又是落在伞面上的雨
它是一把锤子
同时又是锤头下面
锻打的铁块
它是一缕风
同时又是风舒展起的旗帜

也就是说
作为城市的一种作物
它往往以对立的形式
存在着

四

城市爱情
就是不长也不短
不前又不后
不偏亦不倚
像流水一样哗哗流淌
很不起眼
而且稍纵即逝的
日子

家庭生活

一个锅里摸勺子
拌嘴,不过是几道佐料
火气更多的时候
是通过煤气罐或燃气管
从细小的炉孔里冒出来
埋怨和牢骚朴实无华
却比当年的誓言更加耐人寻味
流泪之时
并不是天要下雨
而是心或是其中的某一部分
缺少倾诉
至于谁买菜谁洗碗谁看电视
无须乎严格分工
争频道的事
大都发生在黄金时间
剩下的就是
走亲访友敬老教幼外出旅行
和如何睦邻友好
即使这些
也仍然清官难断
都说一个成功的男人后面
必定站着一个伟大的女人

其实　不成功的男人后面
也同样跟着一个没少操心的
女人
日子就是这样
油盐酱醋茶五味俱全

爱情物语

一

爱一个人
无须用语言
这你知道
或许
恨也同样

二

无数次
并排走在
城市的街头
一些话语
成长在
后来的回忆中
微笑再加上微笑
就能计算出
实际长大了的年龄

三

一味绿着的冬青

不说话
就像那些
小草和流水构成的生态
在这座爱得
非常专一的城市
所有的藤和树
都密密地缠绕在一起
温柔就是从这个时候开始
向城市的深处延伸

有时，我也等待
在城市的一角
或是靠近自己心灵的地方
出现安谧的花园
每每这时
我都把天气
看作是与我表情无关的
另外一种
风暴

四

谈不上
我更喜欢
你面对城市的
哪个姿势
因为　我总是很轻易地
从你的目光上
滑过去

跌落在酒店　咖啡屋
还有一些半酸半甜的
诗歌中

其实，未来
正因未卜
才美丽
只有温情和浪漫
才能像雨一样
滤去杂质
淋透屋檐
所以，将来可能会有人
误认为
你是因为爱
泪流满面

五

对于憧憬
我认为
这是一种
很红的颜色
正像街上
流行的手机
打开，就可以
与未来通话

我也因此知道
城市是用数字

来建造的
简单　便捷
充满随意
而且人们习惯了
使用一次性的东西
倒是我
成为了最后一个
把过程看得
比结果还要重要的人

已不记得
你在哪个数字的尽头
等着我
一些很平常的内容
堆积在我们中间
有一天
正是它们
制造了刻骨铭心

六

在人群中
找你
就是找我自己
或者说
爱你
就是爱我自己
因为我很清楚
我仍然处在一个

稍一激动
就物我两忘的
让人讨厌的
年龄

相聚相离
酸酸甜甜
相拥相闹
苦苦楚楚
不管爱着
还是被爱
大体就是这么一个
味道

七

为笑而去
但结果
有时正好相反
站在寒风中
目送这样的心情
苦笑不得
但不等于
爱本身有什么错

不说是幽默
说了才是沉默

不说是真诚

说了往往虚伪

八

只管开花
不问结果
不能算是真正的春天
现在,我通过靠近一棵树
来靠近袭人的香气
并作为水分
站在一边
与你的果实一同成长

说起幸福感
仔细看
也不过和那片荫凉
一样大小

九

不管是离雪很近
还是离雪很远
纯洁总让人难以回避
美丽最重要的两个要素
是秀发和风衣
在雪天
一片火红或一簇橘黄
飘飘的黑发
还会有什么语言

比这更生动

因此
我们可否
在这暗香浮动的时候
相拥对视
笑而不语

眼　睛

盈盈，一潭秋水
却不见有水鸟在飞
只一艘羞涩的小船
泊在水岸之湄

只看见潮涨时分
那些喧嚣的情感
有进有退

软香细语
爱恋心疼
同行者中不知是谁
偷偷叫了一声妹妹

鱼

第一次见海
我就变成了一条鱼
请不要把我救到岸上
因为我听到了一个女子的哭泣
像抒情的渔歌
向海底沉去

雨　缘

雨来了你也来了
晶亮的水珠
从发丝上滚落下来

一低头是久未见到的温柔
刹那间让我感觉
一阵雨的爽凉

清瘦与丰满

阳光下的女孩
手一晃打开一把精致的花伞
夏天就穿着花花绿绿的裙子来了

我的目光躲在长发的荫下
夏夜的故事徐徐送来爽人的风
清凉的雨水灵灵的像一场初恋

不明白夏天为什么过得这样快
阳光下的女孩一转身
服饰发型就变了
一个季节还不等瘦下去
另一个季节又开始丰满起来

晚 霞

一缕秀发拂过我的面颊
一个美丽的身影与我擦肩而过

惊鸿一瞥艳若桃花
我在北方的一个城市
收获一片晚霞

清纯的女子爱情如花
次第开放之后
有妩媚的微笑
悄然落下

一个叫雪花的女孩

天上来的美女
晶莹靓丽

用手挡
挡不去
她在冬天吻我

书法家

上帝用粉笔写字
天空化作了一幅
灰蒙蒙的书法

漫天遍野
飞舞着真草隶篆

桃 花

我喜欢和春天待在一起
我的根深埋于《诗经·国风》之中
花朵开遍唐宋的山山岭岭

我曾和古人一起出逃
但我只能逃到崔护的城南庄
刘禹锡的玄都观
甚至只能躲到孔尚任的一把折扇里
或者淹没在
汪伦为李白送行的千尺潭水之中

在陶渊明的梦里
我颇多无奈
在唐婉的墓旁
我比陆游更多些忧伤

记得遇见刘关张的时候
是在河北涿州
后来与白居易相识
正是庐山四月
沈括因此知道了
我还拥有另外一个时令

在蒌蒿满地芦芽略短之时
我后悔自己不曾为东坡先生
去试探一江春水的冷暖
在花谢花飞花香漫天之中
我遗憾自己不能阻滞黛玉红消香断

总之，这些年
尽管我桃李不言
却下自成蹊

三个苹果

同样是苹果
但位置的不同
决定了身份的差异

伸手就能够着的那个
叫现实

跷起脚　或跳一跳
能采着的那个
叫理想

高高地挂着
光鲜诱人
你一定会想象它是最好吃的那一个
却永远也无法
摘到自己的手中
这个苹果
它的名字
叫梦幻

香　蕉

只有剥了我的皮
你才会发现
我内心的柔软
和那份淡淡的清甜

红 枣

我的青涩
常常被人忽略

你也是
习惯浅薄地陶醉在
我那一抹
潮红中

草　莓

老鼠喜欢与我为伍
但并不代表
我就多么污浊

不必告诉我你的口感
看到了吗
那一条条青青的枝蔓
都是我一段段纯情的岁月

龙　眼

即使一只眼
我也要把它厚厚地包裹起来

因为
我要确保睁开时
能有足够的清澈
面对这个混沌的世界

红高粱

自从红高粱
成为明星之后
许多庄稼
都在颜色上下功夫

其实,红高粱也曾经青过
只是很少有人再说起它罢了

看医生

我病得很重
我去看医生
我说我浑身已经麻木毫无知觉
医生对我周遭做了检查
最后确准问题出在嗓子上

医生说
先前你一定遇到过很多
需要你大喊一声的事情
但你一句都没有喊
所以把神经全部憋坏了

这些年来我只能小声地说

于是医生摊开处方签
板着脸
从一部厚厚的文学评论著作中
往外挑拣着合适的词儿

看见的和看不见的

在乡村
早上的太阳我看得见
正午的太阳我看得见

夕阳我更看得见
它就挂在静水清流的
树梢上

可多么奇怪啊
在城市
我怎么连月亮也看不见

蒙山风物志

当年李白与杜甫
沿着布满诗意的小路联袂攀缘
满山的树都变成了站立的诗行

后来苏轼也是沿着这条
布满唐诗的小路
走出了宋词的新意

其实早在他们之前
孔子就已攀缘而上
并且把沿途都做上了
儒家的记号

如今我能做的
就是爬山
沿着一级级石阶
向历史的纵深处慢慢爬去

黄河三角洲上的孤岛

刺槐　竹柳　火炬树
白蜡　榆树　红叶杨
成群结队
把海赶往远处

孤岛不孤
有湿地、庄园、马场相伴

坐下来
品茗花海仙境
闲聊之间
已是沧海桑田

在东营看黄河

裹挟黄土
经略中原
在东营
寻找入海的方向

十年河东
十年河西
急迫的心情
憋红了黄须菜的脸

我和四十万亩芦苇
站在一起
共同感叹
黄蓝交融的千钧气势

头顶　飞过白天鹅
远处　来了丹顶鹤

青州弥河

起自远古帝国
映照秦时明月

沂山麓，朐城边
嫩嫩清流
九曲十八弯

丰美的南北朝水草
至今挂满着青州的
新鲜露珠

临朐花卉

另一种棚户区
里面盛满
一园春色

蝴蝶翻飞
红掌伴绿
君子常怀淡雅之心
仙客总留清新之恋

花为媒
牵手一个
长青的季节

寿光林海

夏日灼热的阳光
在绿叶上溅起一片喧响

偌大的绿色音乐厅
有蝉　纵情地歌唱

鸟飞不沉湖
莲采万亩荷

伸出的鱼竿
稍有偏离
便会钓到
爽甜的脆瓜

为什么

为什么父亲老了
土地依然年轻
庄稼疯长不止

为什么我也老了
土地依然年轻
一幢幢高楼疯长不止

为什么土地老了
故事依然年轻
爱情到处流传

沂河之畔

上亿年的河床
终于蓄满了今天的水

风吹来
清新之气
灌满全城

见过海的人
说它跟海一样大气
会游泳的人
说从这里
可以游进历史
也可以游向未来

我伸出一根长长的鱼竿
试图钓出一座城市
完整的背影

曾子山

那天正赶上一场秋雨
两千五百年的岁月
在烟雨朦胧中只露出一个山头

我知道曾子就在这座山上
但通往春秋的路
一片泥泞

母亲的一生

我乡下的院子不大
总感觉有好多个母亲
在院子里走动

有的洗衣,有的淘米
有的做饭,有的收柴
有的提食喂猪,有的撒豆养鸭
满院子烟火气十足
一个个母亲汗水淋漓

等母亲坐下来的时候
她已经老了
夕阳,花发
亲情岁月,像静水深流

不敢设想
哪天,母亲离开后
这座小院是否还会
充满阳光

姐姐掩映在庄稼丛中

姐姐春天扛锨夏天荷锄
秋天挥镰冬天舞镐
姐姐劳动的身姿无人可比

姐姐和土地隔得很近
所有的庄稼都愿意听她的话
姐姐让它长得直它就直
姐姐让它长得弯它就弯
姐姐让它长得诚实它就诚实
姐姐让它长得饱满它就饱满

在姐姐手中土地变得非常平展
田垄也疏密相间
姐姐的脸上挂着很好看的汗珠
姐姐左手落蚂蚱右手飞蝴蝶

姐姐赤脚走进庄稼里去
有时金黄有时翠绿有时艳红
姐姐很开心
庄稼们也很开心

结婚前的姐姐笑得非常灿烂

嫁人后的姐姐笑得非常仔细
照顾庄稼就像用奶水喂自己的孩子
穷人家的孩子
随便一扔就和庄稼一样疯长

父亲和土地
就像一对闷头闷语的老兄弟
而姐姐和土地
却好比爱说悄悄话的两姐妹

我被关进了电脑

别动

"咔嚓"一声
另一个我已经悄无声息地走进镜头
然后顺着相机的尾线走进电脑
满脸的沧桑与我对视

皱纹
眼袋
黑斑点
土黄的脸色
刺棱的头发
……

我想走彻底离开
中年妇女转脸朝我一笑
一只手压上鼠标
箭头轻松动起来
抹平了皱纹
消去了眼袋
抠掉了黑斑
加粗了眉毛

修整了发型
敷上了亮光
又把他嘴角轻轻往上一挑
他立马年轻地望着我
清新地笑

这人
我敢肯定
十几年前我见过啊

我跟他递个眼色
想跟他调换位置
他明白了我的意思
我看他扯扯衣襟
稳稳地走出照相馆
走上大街
混入了人群

电脑里的我
一脸沧桑愣愣地待着
中年妇女没跟我笑
她把电脑关了

师傅,能把我也磨一磨吗

我正在睡午觉
突然磁性十足的一嗓子
把我叫回了村庄
我跟在娘的身后
给忙了一上午的师傅
端上一碗面条

我听到小区里所有的重金属
都在噼里啪啦地响
兴奋地互相打听
这锋利的声音
来自何处

"磨剪子嘞戗菜刀"
"磨剪子嘞戗菜刀"

生活的皮
真厚
我也早已钝了
师傅,你能把我也磨一磨吗

老公对我说

这些花儿
她们不靠颜值
而是以对季节的忠诚
赢得了春天的疼爱

我问老公
春天是谁
我想见见他

诗人醉酒

诗人经常醉酒
每有诗作发表
会醉得更加厉害
他会歪歪斜斜地走到大街上去
一声接一声地大喊
诗选刊
诗选刊
有人叫你们选诗了

父亲和牛是同事

认识你的时候
你和我父亲是同事
大部分时间待在田地里
把散发着芳香的土地
犁成一行行厚重的史诗
你的三餐是一些质地很差的草本植物
但旷野中的你却身材魁梧
浑身充满着力气

你走在前面
父亲紧紧地跟在你的后头
像一对老朋友边走边谈
从来不离不弃

你也是黄皮肤黑眼睛
老成持重的秉性和大度非凡的品质
却远远高过父亲的小农意识
高过父亲的忧患
鲁迅当年一句入木三分的语言
你一直牢牢地记在心里
直至现在
在股市飘红的时候

还一直沿用你的名字

后来，我曾在城里见到了你
知道你在我之后也进城了
其实　与庄稼粮食打交道
才是你的拿手好戏
因为在城里
他们习惯于对你使用
闪着凛凛寒光的尖刀

这些年，你过得好吗
是否有一些疲惫和落寞的情绪
在我们不见面的日子里
我常常想起你
想你那些憨厚近乎原生态的
淡定的表情

牛啊，算起来你应该算是我的长辈
我一直打算在收获的季节去看望你
我想跟你谈谈我们都深深热恋着的
那片深情的土地

感谢粮食

秋天的阳光在四处堆挂粮食的院子里
恬淡而又妩媚
那些粮食离开了土地
依然活着
浑身散发出芬芳的季节气息

在我转身的瞬间
我的童年从粮食堆里忽地站起来
吓了我一跳

面对往事
我羞涩地摸一摸粮食做的脑袋
回敬乡村一个原生态的微笑

很水灵的乡村

像刚替换下的衣服
浸在水里
雨就是这时候
落下来的

泥土的气息馨香无比
已经下岗的牛
满含泪花

乡村很水灵
阳光四溅
有人植树
有人栽棉
有人种瓜
有人埋豆

乡村四月

在乡村四月
目光贴着麦苗飞得很远

所有拔节的作物
它们用长势鼓舞着镰刀
一天天由迟钝变得敏锐
直至柔嫩的风迎刃倒伏在
村庄的臂弯里

谁已经抽穗
谁正待打籽
四月的乡村风景如画

品　茶

茶叶蜷缩着身子
在水中慢慢伸展开手脚
成为一种水草
再好的茶叶
只有注水才显得更加真实

喝茶
其实喝的并不是茶
而是水
拼情调　拼心境　拼素养
后被误传为品

一个被子弹击中的季节

残雪中的绿芽
像子弹一样飞

一直飞到三月
突然砰的一声
然后　遍地开花

大雁自觉地降低高度
稳稳落在
北方诗一样的田野里

我不想与朋友隔着一瓶酒的距离

与酒有缘
烟的味道也在其中
其实我们心的天空
很晴朗
即使那些有雨的日子
回忆也像一把伞
所有的快乐
水花四溅

一只手臂
是我们仅有的距离
一起走过的路
一同流过的泪
成为久煮的
一壶好茶
它就像漫山遍野的野花
馨香四溢

在山巅浪谷
我们重拾昨天的脚印
收藏幽处的风景
当然我们还谈到了

未来的旅途
我们早已经习惯
把寒风变成
最温暖的衣服
也时刻准备
为对方取暖

我们迎着明媚的阳光上路
伫立高处
长发飞扬

高山大海
万物苍穹
风云际会

还能有谁
堪与我们比肩而立

麦 心

你是深秋下地的
不顾寒风的劝阻
执意拱土发芽

你是春天最早的诗行
青青的心事
映照天空万里无云

西南风起
麦熟一晌
在五月　你是一幅最美的油画
既有浪漫情调
又富艺术气息
当与镰刀相接
粉身碎骨之后
才知你的心
始终雪一样纯洁

雨天与朋友饮兰陵酒

雨天,很好的天气
远路来的朋友　我们用什么
来温暖友情
此时,兰陵酒以李白的姿势
站在我们中间
这些液体的粮食
一滴一滴　浸入身体
酿成友谊的浓度

雨天,多好的天气
酒香缭绕　友情缕缕
1200年前,李白就是这样
歪歪斜斜地走在
唐朝长安的大街上
雨,是上帝的口水
天,也醉得四垂

朋友,喝吧!
酒逢知己　千杯嫌少
不要问我兰陵酒为什么
不上头　更不要管回家的路
还记不记得

就让酒香浇开心扉
保持这种絮絮叨叨重言不倒语的状态
感觉天地之间
一片苍苍茫茫
然后执子之手
顶天而立
看云卷云飞

乳汁女人

一个成熟男人的身体
在自家的山岭上
被黄海以东飞来的
一颗子弹　击倒了

子弹呼啸着异国语言
呜里哇啦
"嗖"的一下
就钻进了另一个民族的胸膛

渴呀
满世界的河道
仿佛都断流了

你就是在这个时候
出现的
红头绳　碎花袄　扎腿裤
绰绰约约　窈窈窕窕　走上山来

两道干裂的唇　向黑暗滑去
紧急　无助　家愁　国恨
你撩开了衣襟

撩开了一片
不可侵犯的国土

撩开了一个民族的
坚强　坚韧
至纯　至美

春光乍泄
万木黯然
高山仰止
星宇无声

你把整个战争　一下揽在了
一个女性
柔弱的怀里
轻轻一滴
又一滴

你的名字
从此染满了红色

滨河忆友

树挺径斜,
游者如梭,
物是人非昨。

长河岸,
浩渺烟波,
空对残月。
长竿弯钩钓离别!

仲秋夜感怀

昨夜风平,
万籁俱静,
冷月独自明。

遥忆点滴细微时,
一枕秋水长入梦!

秋雨穿越北部山区

风帘翠幕,
初秋雨寒。
望断处,
座座烟山弥漫。

空灵静谧,
燕落雨山。
遥望山里人家,
座座深深庭院。

与"90 后"过招:人生与哲学

生命,
依如一条美丽的长河。

是打桥上经过,
还是自水里淌过!

过程不一样,
结果也不会一样。

城市：异化的风景

抬头相望，
鳞次栉比，
农民工在高处。
城市的雨，
必得由他们制造，
才凄楚和清凉，
且满含咸味。

一些本该靓丽的女子，
混迹于风尘。
一张张会撒谎的脸，
大摇大摆在大街小巷之间。

在一些休闲地带，
有人从左，
独秀天使的浪漫；
有人居右，
空许温暖的未来。

书法广场

不是所有用毛笔写的字
都是书法

但书法
我们一眼就认得
它长得跟王羲之一样俊逸

当年　王羲之仅从临沂
带走一支毛笔
他就还给世界
一座书法名城

王羲之站在书法广场
不用说话也让别的城市
感觉到一种无法逾越的高度

看规划展

从城市的屋檐下
走进屋檐下的城市

大小数千座楼房
被8条河流
团团围住
分不清哪是风
哪是水

依稀听得见一首
叫沂蒙山的小调
升腾着
将整个绿色的家园
慢慢笼罩

看大型水上实景演出《蒙山沂水》

水面之上
宽阔的舞台盛着
临沂2500年的历史

就用脚下这泓清水
诸葛亮研究透了水战
王羲之养肥了群鹅

就用脚下这泓清水
沂蒙女人洗去了战争的血迹
洗亮了老区蓝蓝的天

是谁
执意要把新沂蒙唱给祖国
再宽阔的舞台
也盛不下无限的忠诚和血红的奉献

透过灯光水影
你会看到
这座城市已美的
无与伦比

游梨乡

导游的吆喝声
唤醒漫山遍野
三百年的梨树
天南地北的人
让这些梨树的脸色
粉嫩细白

三百年
依然妩媚
去年花期
今又花期
一派娇羞
在春风中飘散

原生态的纯情
婀娜于山野
随便扒住一棵大树
摇啊摇
梨花颤动
半山笑声

细听

在这梨乡
到处都是歌声
远近缭绕

没有一块石头硬过父亲的意志

隔着正午
我在一堆被太阳
晒得冒烟的石头里
寻找父亲的影子

在这世上
还没有一块石头
能硬过父亲的意志
我曾亲眼看见他
不声不响地
在石头
上凿出一尺深的黑洞

随着轰然的巨响
许多许多的石头
就会欢欣鼓舞地跳跃起来
在空中做长时间的舞蹈

等它们落下来的时候
就成了我们家园
最朴素也是最结实的地基

父亲老了
老了的父亲
总喜欢跟踪蹲倚在陈年的地基上
我才知道
父亲也是一块石头
是家园地基不可缺少的
最具支撑力的一部分

窗　帘

梦
出海的
帆

在夜的桅杆上
或绿
或红
或蓝

许多故事
不及推敲
一一落在
半睡与半醒
之间

蓦然回首
难避缠绵
只潇洒地道一声
晚安！晚安

歌 声

你的歌声　是一条
不宽也不窄的
小路
我蹒蹒跚跚地
在上面行走

这无疑是一条
通往春天的路
沿着歌声就会走到
盛开鲜花的地方

歌声　超越污浊
超越尘埃和喧嚣
栖在我的身边
这来自另一颗心灵的倾诉
充盈着艺术的张力
泛绿的枝蔓
覆盖我的荒野
使我年轻

面对欲望都市
我紧紧握住成把的种子

把歌声大片的种植
当薄如蝉翼的祝福
飞来的时候
我喑哑的歌唱
总会朝着一种音乐
沉沉地飞翔

打电话

我愿意把语言
先变成数字
代替我的手指
去敲一道熟悉的房门
然后我才让我的声音
在一条白白细细的线中
轻轻盈盈地穿行
如一脉血液
沿并不宽阔的河道
哗哗地流淌

声音　它要去的
是一个美丽的地方
无须借助风
就如履平川
传到城市的一角
等待的时候
感觉很远
谈话的时候
感觉很近

最怕的是背转身去的忙音

和无人对接的置若罔闻
我的声音不是无法出发
就是在半路上原地待命

谁能在远处
也用数字敲响我的房门
然后涌进鲜花和点点新绿

想念父亲

秋声四起的时候
我开始想念父亲
他和他的庄稼
在乡下做伴
满野散发着馨香

一闭眼
就听得见父亲的血液
在我的血管里汹涌的奔腾
父亲,不知他是多少次
涉过家乡那条河了
七十岁的他
像深秋的晚熟作物
在风中战栗

他唯一的心愿
就是用那把
使惯了的镰刀
把自己收割

羭羊，一个美丽的传说

一

一只羊
从古代的栅栏里
跑出来
挥棒掘井的季桓子
拽不住
它一跳
就跃过了许多
酿酒的过程
成为一种液体的
粮食　同时也成为
一种透明的情感

在温凉河畔
听一只羊的叫声
心就醉了

二

羭羊
这从两千年前流来的甘洌

与血一起在血管里奔腾
落雪或落雨的日子
高兴或悒郁的日子
远方的朋友，我的好兄弟
你其实与我仅隔着
一瓶酒的距离
没有什么
能改变我们朴素的叙述
但酒的醇厚
无疑会增加我们
友谊的醇厚

三

与羊共舞
把文明掬在嘴边
如烟世事
化作吉祥

我们这个民族
发生过许多与酒有关的故事
许多美丽的传说
往往也从酒开始
就像羵羊，一开坛
第一个冒出来的是掌故
其次是一首诗
直至最后
冒出来的也不是酒
而是文化

很水灵的乡村

像刚替换下的衣服
浸在水里
雨就是这时候
落下来的

泥土的气息馨香无比
已经下岗的牛
满含泪花

乡村很水灵
阳光四溅
有人植树
有人栽棉
有人种瓜
有人埋豆

江 南

江南的土嫩哟
放在手上
像撮着女子的秋波
真不敢在上面踩得太久
怕不留意
身上冒出棕榈或水杉的枝杈

湿湿的风
像优质的护肤脂
一路将我清新地美丽
即使我的灵感
摇曳不成江边的翠竹
也会长成五月的
一扇蕉叶了

西 湖

山的浓眉
将这只眼睛衬得深深
北方人掉进去
就出不来

无数条小船
在上面打捞
却连船也划成了风景

只有一张小小的长方形车票呀
将沉醉的眷恋
载到岸上
从此天南地北
也就一辈子
湿湿地相思

收 获

跟在父亲身后
走向田野
二十五年
我已长成一行诗
站着
像父亲栽植的一株
红高粱

学着父亲的样子
攥紧镰把
学会收获
父亲的背景
像远山一样结实而宽广

大片大片的红高粱
倒下了　而我
立在故乡的田园
作为晚熟的作物
等待被一种沉甸甸的感情
收割

童 年

一

童年的梦
站在村口
一棵歪脖子老槐树下

阳光很稠
路却很窄很窄
挤扁了向村外的
张望　和问候

向往
挂满枝头
为急切的出发
寻找理由

思绪在暗夜中游走
不知道该用哪种方式
与过去拥抱或者分手

二

在冬天

在故乡的屋檐
常有雪
与阳光对话
之后　它们的眼泪
就像红辣椒黄玉米一样
倒挂起来
成为长长短短的冰溜子
作为冬睦的牙齿
咬着屋檐下归巢小鸟的翅羽
还有我的一件开花的棉袄

空旷和寂寥
在冬天
在故乡的屋檐
总要被这些新鲜的牙齿
咀嚼得亮丽而又妖娆

从春天深处看一朵花

馨香扑鼻

季节的语言盛开在花的叶片上
一滴露珠滚动着无数个太阳

我埋首坐于一堆词语里面
捡拾颂词
歌者的目光满含忧郁

充满鲜花的夜晚
情人们眉目传情互致问候
城市的爱情　　早已衍化成
三个人或更多人之间的故事

春天是花的舞台
争奇斗艳的表演
带给人们的却只是
昂贵的门票
惊心动魄在瞬间一览无余

从春天深处看一朵花
彼此的姿势成为一道新的风景

花的生长与一种情感相映
这个季节的雨水
绝对不能缺少

风吹花瓣手握残红
化过妆的偶像
暗自神伤　枝上
空留一些虚假的微笑

花品和人品
物我两忘
每一朵花
都和果实紧紧连在一起

在春天深处
选择对自己有利的位置
看花
看红颜慢慢老去

阳光捋过的枝条

被阳光捋过的枝条
一脉绿色
窃窃私语

风行于水上
花开的倒影
暗香浮动

望一望
风和日丽
阳光哗哗流淌

桃树、杏树、梨树
一字儿排开
仅仅一股暖意
就绯红了脸庞

让我飞

有一件东西进入我的身体
我的内心变得忽明忽暗
无数的我向各个方向奔涌而去
世纪的篝火正伴着野狼的嗥叫
节节上升
我自己咬疼自己的骨头
站在高处
迎接席卷而来的大风
在黑夜我长长飘起的头发
大汗淋漓
手执蝇营狗苟
身披华丽的外衣
在这场庄严的游戏中
我无望地寻找对手
一个人的战争一触即发
我渴望一柄长剑
让暗夜的灵光肝胆相照
诗人高贵的头颅
再度成为标本
在此之前早已有人咯血为碑
如此漆黑的夜晚
只有坚强的蝙蝠不倦地飞翔

双翅承载着无边的沉重
灰暗的息想弥漫大地
每一片夜色竟然都铮铮有声
我大汗淋漓
被一场突如其来的大风裹挟
站在高处的我黑发飘扬
有一件东西进入我的身体
成群的蝙蝠驮载着暗夜的灵光
我发誓射落所有带翅的生灵
还我以快如刀片的翅羽
暗夜无边
让我飞
让我飞

阳台上月亮与我一步之遥

橘黄时节
大地一片静谧
我承云卷云舒
在草长莺飞之上浮光掠影
伤心的时候不需要泪水
一声闷吼窝在心里
恰如一场地震
摇响四壁
我和另外一个我对话
就这样一个与风景
绝对没有关系的联想
彻夜无眠
时光啊时光
弹道无痕
它就像一张光滑的圃盘
成为我唯一的赌具
烟的雾,多么虚幻的气息
我用一小片青嫩的茶叶
感知锈蚀的灵魂
被缚的孤傲遭受一顿痛打
可怜我的目光多少年
没学会弯曲只学会明亮

一把直尺使路增加了起伏与不
举头看天低头望月
我和阻台上的月亮一步之遥
我想伸手握住她的呼吸
和我一同上路

尖锐的翅将黑夜划伤

打开魔盒
久违的鸽子扑棱棱飞出来
它们尖锐的翅
将黑夜划伤
城市大街小巷
流着霓虹一样的血
古老的情书被盗
一种可兑换的纸币
漫天飞舞
它们有的大于船帆
畅行无阻一路顺风
真实仅仅成为一种标签
我沿途收购一些古老的灯光
收到了夜晚给我的邀请
许多衣不蔽体的思想
都在匆匆忙忙地上路
爱我的人和我爱的人
无所谓痛苦也无所谓挣扎
妩媚无价温柔无价
我赴夜晚的约会
带着一副明亮的眼睛
甚至把躯体留在老家

我多么渴望拥抱啊
只要明亮,哪怕酸腐的气息
暂时占据了它

潇　洒

红尘滚滚
疲惫的旅途
充满诱惑

潇洒是一种
飞翔的姿势
自由自在

追随时，却分不清
哪一半是清醒
哪一半是醉

才知道
潇洒一回易
一生潇洒
却难

感 情

雪，纷纷扬扬
白的人
和小巷

没有黄手绢
亮着一扇窗

花　香

花，一朵一朵
依次开放
我看到花香
从枝上掉进水里
有的清澈
有的粉红

风洗过的眸子
水洗过的眸子
都比不得花香洗过的眸子
美丽诱人
绿树丛中
掩映着花的长势
一片一片的裙裾飘过
所有的爱情都悄悄启程

花香，以花的姿势
亭亭玉立，美目流盼
向过往的行人
一一招手

一路同行

阳光普照
香气袭人
所有的绿叶
或远或近
都闪着油光

树,伸一个懒腰
枝丫就张开了
三点两滴绿色
像快乐的袋鼠
跳来跳去
很快喧嚣成一片

我以春天的名义
走在无垠的旷野中
许多呵护与关爱
蜂拥而至

我看到　那些嫩芽
有的淡绿
有的浅黄
有的赤红

不管天气如何
心情如何
与季节一路同行
倏忽物我两忘
凝神顾盼生辉

不期而遇的车站

不期而遇
给我一种陌生的真实
伸出的手
被车站的时刻表
挡在外面

两道目光　和铁轨一起
延伸　特别快车沿着来时的路
匆匆远去
只留下一声长鸣
便把我们隔在两个城市里
各自听各自的天气预报

我转身的那一刻
天正好下起雨来
雨　很快就打湿了我的衣裳

故乡水

喝沂河水
我心里有一条自己的河
我跟城市说话
泥土的气息很纯正
在新潮和现代意识里奔波
血的颜色已淡于霓虹
远方的小村
给我注射了大量
故乡的水质
使我站在粮食之外
以劳动的姿势
与农民兄弟对话

无须用多余的目光
去审视在这片土地上
注册的河流
河水像母亲的乳汁一样
长长地流淌

庄稼在长
日子和心情在长
整个沂蒙山七十二崮
长势良好

话说临沂

一

沉啊
两千五百年的积淀
长长的沂河
打捞不动
巍巍的蒙山
承载不起

四五十万年以前
响起的脚步声
轰然碾过浩瀚的历史
匆匆向我们蹚来
春秋的黎明
战国的落日
琅琊郡的风韵
沂州府的神采

这是一些
我们多么熟悉的面孔啊
只一眼就可以认得出来
郯子师授孔子

曾参手捧《孝经》
"吾日三省吾身"
荀卿赴任兰陵
"致天命而用之"
孙膑、庞涓鏖战马陵古道
"兵者，国之大事也"
蒙恬扶秦北守
展三十四县又筑长城
刘洪勤政一计掾
《乾象历》精打细算
诸葛羽扇轻摇
笑谈三国合合分分
右军挥毫泼墨
艺盖乱世风云
匡衡凿开汉朝的墙壁
照亮了丞相之路
王祥卧开晋代的寒冰
为母亲送上鲜活的鲤鱼
当然，还有两代帝师公鼐
还有"甲午三英"左宝贵
搏击历史长空
临沂从来都是这样
整齐而又豪华的阵容

二

《沂蒙山小调》
是被血水洗亮的
所以才那么婉转动听

《跟着共产党走》
是发自肺腑的
所以才那么铿锵有力
《解放区的天是明亮的天》
是用生命换来的
所以才那么让人珍惜

是渊子崖
打响了抗敌的枪声
是大青山
记录了战争的惨烈
是藏兵洞
护卫了正义的力量
是十万将士的鲜血
染红了八百里土地

是红嫂用乳汁
化开了黎明前的黑暗
是独轮小车
将中国革命
推向了胜利
是女子火线桥
让共和国从这里
从容通过

三

当年　所有冲锋的脚步
全部变成了

宽阔的路基　商旅纵横
所有的呐喊
全部以宽带的方式
与世界亲密接触
所有的憧憬
渗透田野
全部滋润成了饱满的庄稼
所有的伤痛和鲜血
全都浇灌出了
大片的果园和农田
所有行军的曲子
全都装修出了
美丽的村庄和城市
所有生命倒下去的地方
全都站起了一种精神
成为了我们洗礼的去处

于是　我们知道了孟良崮的高度
而且学会了　用那些带着创伤和记忆的
精美的石头
兑换老外的美元
懂得了　如何用
金银花　银杏叶
装点多彩的生活
并且能够自信地
安排大蒜周游全国
让不起眼的草柳编
像常林钻石一样
照耀世界　而且

把昔日的主战场
成功改造成了今日的
大市场　陷一切商贾富豪
于人流　物流　信息流　资金流
之中　无法自拔

四

站着　是高山仰止
八百里不朽的丰碑
躺着　是莽原玉带
八百里飘逸绵延

蒙山成为名山
并非始自
"孔子登东山而小鲁"
三十六洞天　七十二古刹
阅尽千年
包含多少故事和传说
千岩万壑　林海花潮
岁岁年年　容姿显尽

仁者乐山　智者乐水
沂河的陈年清流
如一方明镜
映照古人之心
多少仁人智者
一掬清爽
洗亮了眸子

比如 诸葛亮在上游
王羲之在下游

风景和风景
就是这样紧紧相连
红色沂蒙绿色风情文韬武略
就是这样相融为一

五

说不上是从哪一天开始
临沂变了
变得城美水清
变得地绿天蓝
变得楼高灯亮
变得人旺商兴
原来 临沂也可以
在我们手中 变得
如此气度
如此俏丽妖娆

临沂大了
难道仅仅是面积变大了吗
临沂新了
难道仅仅是容貌变新了吗
临沂美了
难道仅仅是风光变美了吗

同时变化的还有

从未有过的骄傲和自信
干事创业的豪情和干劲
更加热切的希望和憧憬
更加动人的笑容和风采

临沂啊　是一艘千年的古船
也是一艘崭新的旗舰
它挣脱了羁绊
长帆高悬
正在劈浪向前

春　韵

最初只是一缕缕细细的风,轻轻滑过风霜吻过的脸颊;只是一朵含苞待放的花蕊,赠给我莫名的冲动和美丽的幻想。而今天,却是一种颜色,铺天盖地,蔓延开来,令我一阵一阵地陶醉。

天空用蓝色的版面发表了大雁排列的诗行;小鸟的音符谱写着一曲优美的旋律;春天的脚印在绿色的树枝上演讲。山醒了,小河露出了浅笑,土地与耕犁相爱……

我走向山野,走向田园,走向青春的企盼与憧憬,走向缭绕的歌声,走向五彩缤纷的世界。

我陶醉着自己,美丽着自己,升华着自己,实现着自己。

我在溶化,归于春雨;我在流淌,归于溪水。

我知道,在这个季节,一切注定都要发芽了,事业,情感,还有那斑驳陆离的青春梦幻。

春　光

　　抓一把阳光洒进小房，扯几把绿风蒙上纱窗，在不冷不热的季节，让青春变换几个姿势熠熠生辉，让心的原野尽情享受春光的照耀。

　　不知你在心里耕种了什么？不知你的心里正在萌动什么？一切都在春光里展示吧，你可以长成一株灵秀的小草，可以开出一朵娇嫩的花蕊，可以挺立成一棵茁壮的大树。

　　一年一度的日光浴，诚实的眸子越洗越亮了；一年一度的春风吹，心的果实熟透了。

　　感谢春天，春天是不老的诗篇！

绿色的期待

不知道春天什么时候敲响我的房门,心中的秘密总是等不到春天的来临就泛出醉人的绿色。

南去小燕子何时婀娜地飞回?告诉我梦中淅淅沥沥的小雨,我会跑出季节的栅栏迎接你湿湿的目光。

我会打开房门,梳理你三月的妩媚。

我会追忆秋湖里摇晃着的月牙形小船,追忆暮霭山谷中黑眼睛的明亮。

我以追忆告慰我的期待,我以期待染绿我的季节。

哦,春天,在等你敲门的瞬间,我心中的秘密早已绿绿的了。

绿风景

记忆中的那片青草地，铺展开来，盛满了春天的阳光。幸福开成一株株黄色的小花，摇曳着年轻的微笑。

我期待着承诺长成大树，留一片清凉；期待着一片风景，成为永恒。

小草闭着眼睛。白云向远方飘去。季节无语。世界真小，连小小雨点也盛不下，也要滑落，就像失意和怅惘。

我守着孤独，欣赏这绿风景，草地、小树、石头，梦幻。回忆如烟。

绿窗像一扇心门，在往事与现实之间拉开又合上。阳光已在外面徘徊成季节的颜色了，肥沃的土地正在收获。远处歌声缭绕，涓涓流淌的小河，好比季节瘦了许多。此时，无人发现，我的面部表情一明一暗。

踏　歌

歌声来自远处。
来自春天。
来自一户人家。

　　歌声从窗子里飞出来，洒落到窗外的花树上，像阳光跳荡，又像月光轻柔。
　　不知有多少人用歌声来装点那一片爱恋，也不知有多少人用歌声来抚慰那一份缱绻，更不知有多少人用歌声来祝福辉煌，也祝福平凡。

　　歌声，它从窗子里飞出来。
　　它从心灵里飞出来。
　　那是春天的深处。
　　那是白云和蔚蓝的交响。
　　那是一种生命的飞翔。

夜 雨

你披着夜色与我相约，不等越过阳台竟挂成了雨帘。

我默默地望着你，你的喧嚣让我的内心更加宁静。你或许并不明白，在这样的时刻，一个人静静地拥有一个有雨的夜晚，是一件很美丽的事。坐在这清凉的雨声里，思绪可以潜得很远很远，捕捉那些被无情的岁月之水冲淡的往事。当然，什么都可以想，什么也都可以不想。

今夜有雨。我不相信你真的来了，就在我的身边。我的夜晚常常是孤寂的。月色爬进窗子，冷冷清清。我一个人静静地读书或者写作。我不知道我为什么要在书里蹙眉穿行，我似乎一直在期待着什么，也许期待的就是你。期待使我耐得住寂寞，耐得住浮躁和沮丧的袭击。我暗暗在心中收藏起一片晴空，等待着你去淋湿。

雨丝霏霏，雨声习习。我静静地坐着，感受一种清新的希望。我沉浸在从未有过的舒适和快意之中。雨丝将我过去的夜晚穿在了一起，给我带来一片清凉、一份温馨。在这夜里，你的眼波毫无顾忌地淋湿了我的理智。

你可记着，即使披着夜色来与我相约，也定然会被阳台挂成我思想的雨帘。

写写诗，别把日子过旧了（代后记）

一

假如，你感觉把日子过旧了。
那一定不是时间的错。

二

天地之间，人之渺小，比之蝼蚁。然观其情感，却囊括宇宙。云计算，怕也无法精确计算得出，人类世界到底有多少种微妙的情感。
它们深沉。它们庄重。它们活泼。它们生动。
真正的情感，是很难用文字去准确表达的。它只能体会。看悟性。也可能厚实。也可能轻灵。也可能健朗。也可能飘逸。
薄如蝉翼的情感，是这个薄情世界里最为名贵的易碎品。

三

劳动着和劳动者，是最美丽的。
长河落日，旷野无垠；小桥流水，鸡犬相闻；山梁突起，阡陌纵横；泥土芬芳，庄稼旺盛。丰收和劳作，必定会以诗意的方式呈现。
确切说，再好的诗也会显得孱弱矫情，苍白无力。
所谓诗人，并不为写作而苍白，而只因苍白而写作。

乡土情结，让我在看待城市的时候，比别人多出了一种纯朴的目光。

四

仁者乐山，智者乐水。但见山水之间，情感在激荡飞扬，所有生命，都在跃然成长。

山水，既是天然的画卷，也是人文的盛装。

听青山松涛阵阵，看长河落日余晖；闻山间虫鸣鸟唱，观大地谷茂稻丰。静谧，是大自然的本真。喧闹，是人世间的本能。

沉下来，看看那些山，看看那些水，看看那些人。

重要的是，看看，自己。

五

写诗，就是燃烧我的卡路里。